AF500492

ÉTVDE HISTORIQVE

SVR LE

CHANCELIER ROLIN

ET SVR SA FAMILLE

Par **Ch. BIGARNE**

Correspondant de la Commission des Antiquités de la Côte-d'Or et de la Société Archéologique de l'arrondissement d'Avesnes.

devm  **time.**

BEAUNE : LAMBERT, Editeur. — **DIJON :** LAMARCHE, Libraire.

MDCCCLX.

LE CHANCELIER N. ROLIN.

ÉTUDE HISTORIQUE

SUR

LE CHANCELIER ROLIN

ET SUR SA FAMILLE.

La vie du chancelier Rolin n'a jamais été imprimée. Les faits qui se rattachent aux actes si nombreux de cette longue existence sont épars dans une foule d'historiens et dans des recueils de mémoires qui n'ont pas reçu une grande publicité. Et cependant quel homme d'état est plus digne d'avoir un historien que Nicolas Rolin, dont la grande figure domine presque tout le XVe siècle.

J'ai essayé de réunir dans cette esquisse tous les documents qui concernent l'illustre Autunois et sa famille. La chronique peu connue du sire de Chastellain, qui fut le contemporain du chancelier, m'a été d'un grand secours. Parmi les ouvrages auxquels j'ai emprunté quelques parties de mon récit, je dois citer l'*Histoire de Bourgogne*, de dom Plancher; les *Annales* de Paradin ; la *Description du duché de Bour-*

1860

gogne, par Courtépée, l'*Histoire de l'église d'Autun*, par Gagnare; les *Histoires de Beaune*, de MM. Gandelot et Rossignol, plusieurs *Notices* historiques de MM. Michaux, d'Avesnes, et Dubois, de Valenciennes, et la *Biographie universelle*. Enfin, j'ai trouvé des détails inédits dans la collection des *Mémoires de l'Eduen* et dans celle de la commission des antiquités de la Côte-d'Or.

Ce petit ouvrage n'a pas la prétention d'être une histoire complète; c'est à peine une biographie. J'espère néanmoins qu'il sera utile à d'autres; j'espère surtout qu'il intéressera les habitants de la ville de Beaune, qui doivent à l'éminent chancelier le plus beau monument de leur cité.

CH. BIGARNE.

NICOLAS ROLIN.

1380 — 1461.

—

Pius est patriæ facta referre labor. (Ovide.)

Nicolas Rolin * est né à Autun, sur la paroisse Notre-Dame, dans une maison de la rue des Bans.

Cette habitation fut désignée jusqu'en 1793 sous le nom d'*Hôtel de Beauchamp*. Elle existe encore à moitié; la façade de la cour est très-bien conservée, et les ouvertures du XVe siècle sont intactes. L'honorable famille à laquelle Nicolas appartenait était originaire de Poligny, et se trouvait, depuis longues années, propriétaire du fief seigneurial de la Roche-Bazot, à six lieues d'Autun. La date de la naissance de Rolin est inconnue; elle peut être fixée d'une manière approximative à l'année 1380. L'histoire ne nous a conservé aucun document qui puisse nous

* Paradin écrit *Raulin* et Gandelot *Rollin*. D'autres ont écrit *Raollin* et *Raullin*; j'ai employé, dans cette étude, l'orthographe adoptée par la majorité des historiens.

donner quelques détails sur l'enfance de cet homme célèbre. Sa famille ne brillait pas par l'éclat lointain que donnent les charges élevées et les faits d'armes glorieux ; le nom de Rolin n'avait jamais franchi les limites de la cité éduenne, et le chancelier de Bourgogne devait être la première illustration de la souche plébéïenne dont il était issu.

Après avoir fait d'excellentes études dans le collége que les évêques d'Autun entretenaient, sur l'emplacement actuel du petit séminaire, Rolin se rendit à Dijon. La brillante cour des ducs de Bourgogne avait attiré dans cette capitale un grand nombre de savants ; c'est dans l'intimité de ces favoris de Philippe-le-Hardi qu'il acheva de se perfectionner. L'incroyable facilité dont il était doué pour l'art oratoire le décida à embrasser la profession d'avocat, et les succès qu'il obtint dès son début furent le présage de son élévation future.

Nommé de bonne heure conseiller au parlement, à l'avènement de Jean-sans-Peur, Nicolas Rolin se maria l'année suivante avec Marie, fille de Berthold de Landes, valet de chambre du roy, général maître des monnaies de France, et de dame Philippe Culdoë, qui était elle-même fille de Michel Culdoë, général maître des monnaies et prévôt des marchands de Paris. Dans l'année 1408, Marie de Landes reçut du duc Jean-sans-Peur, parrain de son fils, un service de vaisselle du poids de soixante écus d'or ; elle mourut en couches, dans le courant de l'année 1410. Nicolas Rolin habitait alors, rue des

Fols, un hôtel situé actuellement entre les rues Jehannin, Longepierre, Lamonnoye et Guyton-Morveau. Cette maison, construite dans les premières années du XIIIe siècle, fut réparee par Rolin en 1412, une année après le second mariage du conseiller. Après avoir appartenu à Guillaume Rolin de Beauchamp, son fils, et à François Rolin, son petit-fils, l'hôtel de Beauchamp fut vendu, le 3 avril 1500, à la ville de Dijon, moyennant 3,175 livres, par Marguerite Rolin et par Gaspard de Talaru, son second mari; il devint alors maison commune et servit de prison jusqu'en 1833, époque à laquelle il fut acheté, le 18 avril, moyennant 170,000 fr., pour renfermer les archives du département de la Côte-d'Or.

Nicolas Rolin fut chargé par Jean-sans-Peur de composer plusieurs écrits contre le duc de Bourbon et l'abbé de Saint-Pierre; nous voyons qu'en 1408 il reçut, pour cet objet, une gratification de trente livres. C'est aussi vers cette époque que le duc fit présent à son conseiller du château et de la seigneurie d'Autume, ancien fief des de Vienne, qui appartenait à la couronne ducale depuis l'année 1305. Rolin augmenta le château et fit entourer le village de fortes murailles. En 1411, il épousa Guigone de Salins, fille d'Etienne, seigneur du Poupet, et de Louise de Rye, et petite-fille, par sa mère, de Mathé de Rye et de Béatrix de Vienne. Cette famille, dont l'origine remontait à Gauthier de Salins, chevalier en 1150, était une des plus distinguées de la Comté. Elle avait acquis la saunerie de Salins de Jean de Bourgogne, en 1360. Le frère de Guigone, Guy de Salins, était, lors du mariage de sa sœur, conseiller d'honneur de la duchesse et maître d'hôtel de Jean-sans-Peur.

Le 1er janvier 1412, tandis que les Bourguignons et les Armagnacs ensanglantaient la France par leurs guerres civiles, le fastueux duc de Bourgogne tenait cour plénière dans son hôtel d'Artois, à Paris, et distribuait de riches présents à ses favoris. Guigone de Salins reçut à cette occasion un diamant magnifique. Le 18 mai de la même année, nous voyons Nicolas Rolin siéger au parlement de Dole et expédier les affaires à la hâte, pour s'occuper des grands démêlés du duc avec la maison d'Orléans. Le honteux traité que Jean conclut à Calais (1416) fut signé malgré les représentations du conseiller Rolin, et le massacre des Orléanais, à Paris, dans la nuit du 29 mars 1419, vint mettre le comble à la fureur du dauphin. C'est en vain que de puissants princes cherchent à ramener la paix dans le royaume, c'est en vain que Rolin, assistant, au nom du duc, au traité du 11 juillet 1419, jure, *sur la vraie croix*, que son seigneur et maître renonce à toute idée de guerre ; l'entrevue de Montereau et l'assassinat de Jean-sans-Peur vont assouvir la haine du dauphin et venger la mort du connétable d'Armagnac, du chancelier de Marle et de tant d'illustres personnages.

Lorsque la prise de Montereau eut permis au jeune duc Philippe de ramener à Dijon le corps de son père, la cour de Bourgogne, résolue à demander justice au roi de France, confia à Nicolas Rolin le soin de cette entreprise. « Peu » dejoursensvyvants, le roy Charles de France, » Henry d'Angleterre, son gendre, le duc Phi- » lipes de Bovrgongne, vestu de devil, les ducs » de Bethfort et de Clarence, frères du roy d'An- » gleterre, ainsy que tous les princes, seigneurs » et évêques de Bovrgongne, de France et » d'Angleterre, s'assemblèrent à l'hostel saint » Pol, av logis du roy Charles. Lors le dvc » Philipes ayant demandé audience au roy, fist » proposer, par la voix de maistre Nicolas Rau- » lin, son aduocat, une plainte et clamevr de la » mort et meurtre pitoyable commis en la per- » sonne de feu le duc Jehan de Bovrgongne, » son père, et demanda que le daulphin de » Vienne et les seigneurs de sa suite fussent » mis dedans tumbereavx et menés par tous » les quarrefours de Paris, testes nuës, par » trois iovrs de samedy, et que chacvn d'eulx » tinst un cierge ardant dans la main, et qv'ils » prononçassent à haute voix qv'ils avoyent » occis mauuaisement, favssement, damnable- » ment et par enuie le duc de Bovrgongne, » sans cavse raisonnable..... qu'au liev où ils » l'occirent fust édifiée une église avec douze » chanoines, six chapelains et six clercs, povr » y perdurablement faire l'office, et aussy que » la cavse pourquoy serait faitte laditte église » fust escrite de grosses lètres et entaillées en « pierre au portail d'icelle. » Le dauphin fut banni du royaume et déclaré indigne de succéder au trône.

L'issue de ce jugement et l'éloquence déployée par le conseiller vinrent augmenter l'immense crédit dont il jouissait. Le duc lui donna *cinquante lyvres pour la peine et le travail qu'il avait pris pour étudier les propos qu'il fist en présence du roy, touchant la mort et occision de feu mons. le duc de Bourgongne, que Dieu absolve.* Il fut en outre nommé maître des requêtes de l'hôtel du duc, en considération *de ses grans sens, prudence, habileté et suffisance,* aux gages de trois francs par jour, avec une pension de cent livres. Jean de Thoisy, évêque de Tournay et chancelier du duc, ayant supplié ce dernier d'accepter sa démission, reçut une pension de six cents livres et fut remplacé, au mois de décembre 1422, par Nicolas Rolin, dont le premier acte fut de sceller les ordonnances relatives aux dépenses de la guerre que l'on devait faire, dans le printemps suivant, contre l'ex-dauphin de Vienne, Charles VII, qui venait de se faire couronner roi de France.

Le chancelier de Bourgogne était le chef de la justice; il avait la garde des sceaux, des mesures et des poids publics. * Sa pension était de deux cents livres par an et de huit livres

* C'est dans son hôtel que l'on conservait la mesure de saint Louis, espèce de vase en cuivre parsemé de fleurs de lys, et attaché au mur avec une chaîne. Elle fut refaite au commencement du règne de Philippe-le-Bon par Girard Bonnot, officier du roi.

par jour. Le duc lui donnait chaque année une robe d'écarlate fourrée de gris. Il avait à Dijon un gouverneur de la chancellerie et un lieutenant dans toutes les villes du bailliage.

En 1423, le duc Philippe fit un voyage dans l'antique cité éduenne. L'hôtel Beauchamp fut le lieu que le duc choisit pour sa résidence de quelques jours, et le nouveau chancelier y fit les honneurs de sa maison avec une somptuosité sans égale.

Cependant les dissensions devenaient de plus en plus graves. Le roi Charles VI était mort insensé, et l'héritier légitime, que ses ennemis appelaient ironiquement *le roi de Bourges*, ne possédait pas le quart de son royaume. Le duc de Bedfort, qui prenait le titre de régent de France, fort de l'appui du duc de Bourgogne lié par ses serments, tentait de renverser le trône. La paix que Rolin avait essayé de conclure chez le duc de Savoie avec le chancelier de France était loin d'être assise. La trahison se trouvait à l'ordre du jour et le sire de la Trémouille, favori du roi Charles, avait tenté de se saisir du chancelier. Soupçonnant ses intentions, Rolin fit arrêter à Chalon Guillaume de Rochefort qui avait connaissance du complot. Ce dernier avoua qu'au mois de juin 1432, le sire de la Trémouille, l'ayant fait inviter à aller le voir à Dijon, où il se trouvait, lui offrit 100,000 livres s'il voulait se saisir du chancelier et le lui livrer. Un certain capitaine nommé Rosimbos devait être de moitié avec lui, et s'était même embusqué à Noyers avec trente ou quarante hommes, pour arrêter Rolin qui venait *de l'avitaillement d'Auxerre.* La Trémouille était un des chevaliers de l'ordre de la Toison-d'Or, récemment établi par Philippe. En punition de ce méfait, on réunit le chapitre de l'ordre, et l'ennemi du chancelier reçut de la propre main du duc la *correction fraternelle.*

Les ambassadeurs de Bourgogne, appuyés par l'armée nombreuse que Rolin avait passée en revue à Auxerre, au mois de novembre 1422, ne pouvaient parvenir à pacifier le royaume. Les Anglais occupaient une grande partie de la France, et les conférences de Bourg-en-Bresse, pendant lesquelles le chancelier Rolin, chef d'ambassade, tint table ouverte à tous les seigneurs de Bourgogne, cherchaient en vain le moyen de sortir de toutes ces complications. Plus heureuse que les hommes d'Etat, plus forte que les capitaines de Charles VII, la paysanne de Domremy, Jehanne-la-Pucelle, vint changer la fortune des combats en sauvant les Orléanais et en conduisant à Rheims le jeune roi de France.

Enfin le voile tombe. Un million de victimes immolées à la mémoire de Jean-sans-Peur ne l'ont que trop vengé. * Le congrès réuni par le légat du pape, le 8 juillet 1432, et dans lequel le chancelier Rolin prit la parole en qualité d'ambassadeur, jeta les bases de la paix. La fierté des Anglais fit ouvrir les yeux au duc Philippe et la bonté de son cœur fit le reste.

* *Histoire de Bourgogne*, par Courtépée.

L'année 1435 vit la fin des guerres civiles. C'est à Arras que les conférences furent ouvertes et le chancelier de Bourgogne fut, de tous les hommes d'Etat, celui qui y prit la plus grande part. Les Anglais voulaient avoir Paris, l'Ile-de-France et la Normandie, et exigeaient, en retour de l'élargissement du duc d'Orléans, la main d'une des filles de France pour leur roi Henri VI. La France et l'Angleterre ne purent s'entendre; mais la paix se fit entre la Bourgogne et la France. Le roi céda à Philippe-le-Bon les comtés d'Auxerre, de Mâcon, de Bar-sur-Seine, la seigneurie de Saint-Gengoux et plusieurs villes de Picardie, et Philippe, *duc par la grâce de Dieu,* promit de ne plus inquiéter son suzerain. Rolin et les seigneurs signèrent le traité et jurèrent, *sur le crucifix d'or,* de pardonner aux meurtriers du duc Jean. A cette occasion l'abbaye de Saint-Vaast ouvrit ses portes aux plénipotentiaires, et le chancelier, toujours magnifique, offrit au légat du concile de Bâle une splendide hospitalité.

A partir de cette époque, la puissance de Nicolas Rolin ne connut plus de bornes. Les Français et les Bourguignons, épuisés par les guerres, attribuèrent au chancelier toute la gloire des négociations. La paix fut proclamée *au son d'infinies trompettes qui tirèrent les larmes de joye à tout le peuple. Il sembla même que tovs les éléments s'en resiovissoyent,* et le roi Charles VII fit don à Nicolas Rolin de la terre de Martigny, en Charollais. L'activité qu'il déploya pour mener à bonne fin cette entreprise ne lui fit pas négliger l'administration intérieure du duché. Des discussions regrettables s'élevaient journellement entre les officiers chargés des fonctions judiciaires. Ceux de la chambre du conseil, tribunal institué par Philippe-le-Bon, furent dénoncés au duc par l'assemblée des Etats. Philippe, qui résidait presque toujours en Flandre, chargea son chancelier de cette affaire délicate. Après avoir entendu le rapport d'une commission, Rolin, rendit une ordonnance qui anéantit les chambres du conseil de Dijon et de Dole, et qui rétablit la cour d'*appeaulx* de Beaune, *comme il était d'usage avant l'institution de cette chambre.* Cette ordonnance est datée du 1er août 1431.

L'année suivante, nous le voyons occupé à réconcilier plusieurs grands seigneurs, et à empêcher le pillage des troupes anglaises.

C'est vers cette époque que le marquis de Toulongeon, envoyé par Philippe-le-Bon, avec une armée de 4,000 hommes, au secours du duc de Lorraine, culbuta, à Bulgneville, l'armée de Réné d'Anjou, duc de Bar. La seigneurie d'Aymeries, qui comprenait les villages de Pont-sur-Sambre, Quartes, Dourlers, St-Aubin, Floursie, Raymes, Aymeries et leurs dépendances, et qui avait été donnée par Albert, comte de Hainaut, à Louis II d'Anjou, roi de Naples et père du duc de Bar, fut alors donnée pour l'usufruit seulement au chancelier Rolin, qui, en 1434, s'en rendit définitivement acquéreur. A sa prière, Philippe-le-Bon déclara cette seigneurie fief ample et terre franche, ainsi que le constate le cartulaire du comté d'Hainaut.

Quelques années plus tard, Rolin obtint du duc « *le droit de connaître en toute franchise* » *et liberté et par ses propres baillis ou lieu-* » *tenants, de tous cas de justice quelconques,* » *à l'exclusion des sergents ou officiers du* » *Haynaut qui ne devaient plus y exploiter,* « *à moins d'y être autorisés par jugement* » *exceptionnel de la cour de Mons* *.

Le chancelier Rolin se trouve mêlé à tous les évènements qui signalèrent le règne de Philippe-le-Bon. En 1436, il fit transférer au fort Braçon, de Salins, le duc de Bar, qui ne se trouvait pas en sûreté au château de Rochefort. La terrible famine qui désola la Bourgogne, et pendant laquelle, dit un chroniqueur, une paysanne déroba plusieurs enfants et les démembra *pièce par pièce pour les saler, comme l'on fait des pourceaux*, obligea le chancelier à prendre des mesures énergiques pour empêcher les rapines et les crimes des malfaiteurs.

Le gouvernement du Pays-Bas lui doit l'amélioration des codes et des coutumes ; les comptes déposés aux archives de Bourgogne mentionnent une indemnité extraordinaire qui lui fut accordée par le duc, en 1439, « pour l'avoir » loyalement servi en Flandre. »

En dépit des traités, les partis Anglais parcouraient la Bourgogne. Une troupe nombreuse avait déployé ses tentes entre Nuits et Beaune. Toute la campagne était dévastée, et les Beau-

* *Recherches historiques*, de Z. Piérart.

nois, défendus par Girard Rolin, fils du chancelier, avaient fermé leurs portes à tous les gens d'armes, amis ou ennemis. Les officiers du gouverneur se présentèrent en vain devant les murailles; le maire Grignard leur refusa l'entrée de la ville. Le chancelier, averti de cette mutinerie, accourt à Beaune pour faire entendre raison aux échevins, et pour engager les habitants à héberger les hommes de monseigneur le duc. Le maïeur consulta la commune, et quatre cents habitants armés vinrent en tumulte devant l'hôtel où logeait Nicolas Rolin, pour lui déclarer énergiquement qu'ils ne voulaient recevoir aucune garnison. Espérant amener le maire à de meilleurs sentiments, Rolin le fit appeler seul, et le décida à laisser entrer nuitamment dans la ville le sire de Ternant accompagné de vingt hommes. Le lendemain, la populace exaspérée se réunissait à l'hôtel-de-ville et jurait d'exterminer chancelier, gouverneur et bailli plutôt que de recevoir des soldats. « Vous nous voulez bailler garnison, hurlait la foule, par la mort Dieu nous n'en aurons point. — « De qvoy le chancelier fust tout esbahy et eust grand paour. »

Cependant les écorcheurs avaient passé outre, se dirigeant du côté de Chagny, et les troupes du duc, en poursuivant ces bandes indisciplinées, abandonnaient le territoire de la ville. Mais la désobéissance des Beaunois méritait une punition. Le gouverneur de Bourgogne suspendit le maire et les échevins, et ces derniers furent condamnés, par jugement du parlement, à payer une amende de mille livres et à présenter humblement les clefs de la ville au gouverneur. Ces évènements se passaient au mois de février 1440. A la fin de cette même année, le chancelier Rolin et les seigneurs de sa suite traversèrent la ville de Beaune en se rendant à Lyon à la rencontre du légat du pape.

Nous arrivons à une des actions les plus mémorables de la vie de Rolin, à celle qui a immortalisé son nom chez les habitants de l'antique Minervie. Touché des malheurs du peuple et de la profonde misère que les guerres civiles et la famine avaient jetés sur la Bourgogne, le chancelier du duc, dont la fortune avait atteint son plus haut degré de splendeur, résolut de fonder un hôpital pour les pauvres et les voyageurs. Longtemps il hésita sur le choix de son emplacement; sa première idée avait été de l'établir dans la ville de Chalon; mais l'opposition acharnée des chanoines le força à renoncer à ce projet, * et le détermina à placer son hôpital à Autun ou à Beaune. Dans la requête qu'il adressa au pape à ce sujet, on voit cette incertitude se manifester : *In civitate Eduensi, aut loco Belnæ.* Si ses souvenirs de famille le fesaient pencher pour Autun, le peu de ressources que les hospices de Beaune offraient aux nécessiteux, et l'affection

* Pour se venger de l'opposition des chanoines, Rolin, qui possédait à Chalon le vieil hôtel de la Vicomté ou de Verdun, fit élever si haut la tour de cet hôtel, qu'il pouvait voir tout ce qui se passait dans les dépendances du cloître.

de sa femme Guigone pour cette ville, où plusieurs de ses parents avaient leur résidence, le déterminèrent à donner la préférence à cette dernière. La réponse du pape, datée de Florence, arriva à Dijon au mois d'octobre 1441. Le Saint-Père octroyait au futur hôpital les priviléges de celui de Besançon, et accordait des indulgences à tous ceux qui aideraient à le construire. Rolin acheta aux héritiers de Vienne la tour Lancelot, située près de la rivière Bouzaise, et, à divers habitants, les maisons qui la joignaient. La construction de l'édifice commença en 1443. La charte de fondation, qui date de la même année, témoigne du soin que le chancelier apportait dans tous ses actes. Tout y est prévu et calculé de manière qu'aucune entrave ne puisse être apportée à ce grand œuvre : « J'érige et dote en la ville de Beaulne » un hospital povr qve les povres infirmes y » soyent reçeus, servis et logés..... Ce terrain, » acquis par moi de diverses personnes, je le » donne pour touiovrs à Dieu tout-puissant, à » la vierge Marie, sa mère, et au bienhevreux » sainct Anthoyne, et j'y attache un revenu an» nuel et perpétuel de mille livres assignées » svr la savlnerie de Salins. » Une distribution journalière de pain devait être faite aux pauvres de la ville. Le nombre et la disposition des lits, le service des sœurs, l'administration des revenus, rien n'est oublié, et le nouvel hôpital demeure affranchi, par la volonté du Souverain-Pontife, de la juridiction des églises de Beaune et de l'évêque du diocèse.

Bientôt le splendide édifice commença à s'élever sur ses fondements. Les fréquentes visites du fondateur, la présence presque continuelle de Guigone donnaient aux travaux toute la célérité possible. Le nom de l'architecte chargé de dresser les plans et de surveiller les travaux est demeuré inconnu. Le type flamand, qui caractérise cet admirable monument, fait supposer que le chancelier en confia la direction à un artiste de ce pays. La cour ducale était alors remplie de gens émérites que la munificence des derniers ducs se plaisait à entretenir, et le célèbre tableau de Van-Eyck, que le fondateur fit peindre pour orner la grande salle, n'est pas le seul objet d'art exécuté par les artistes du Nord. Dans quelques années l'édifice fut achevé, et l'Hôtel-Dieu de Beaune, *qui ressent plus tôt un chasteau roïal que le logis des povres,* ouvrit ses portes aux malades de la ville et des environs.

Si je voulais écrire la vie de Nicolas Rolin, je n'aurais qu'à faire l'histoire de la Bourgogne pendant le gouvernement de Philippe. La délivrance de Charles d'Anjou, prisonnier des Anglais, son mariage avec Marie de Clèves, les prises de Montaigu et de Milly, la longue guerre contre les Gantois, sont autant d'évènements auxquels le chancelier prit une grande part.

Le soin des affaires de la province ne lui faisait pas négliger ses propres affaires. Après avoir donné à son hôpital de Beaune un nouveau réglement, et chassé la supérieure qui lui avait répondu avec une insolence peu commune que « lui mort, on s'occuperait fort peu de ses héritiers ; » après avoir pourvu à l'établissement de sa nombreuse famille, Nicolas Rolin voulut ériger une collégiale dans sa paroisse, et l'église Notre-Dame d'Autun fut dotée, en 1450, de douze chanoines, de quatre chôriaux et de quatre enfants d'aube. On voyait encore, en 1790, dans la sacristie de cette église, un portrait du fondateur qui était représenté à genoux aux pieds de la Vierge. Ce tableau sur bois reproduisait, dans le lointain, la ville de Bruges et une infinité de personnages. Il est probable que son auteur fut ce même Van-Eyck qui avait peint le retable de l'hôpital de Beaune. C'est aussi vers cette époque que Rolin augmenta les revenus de la collégiale de Poligny, berceau de sa famille.

Le chancelier gouverna les Flandres en 1454, en l'absence du duc. Pendant son éloignement de la capitale, le sire de Granson fut accusé d'avoir voulu soulever la noblesse de Bourgogne contre son souverain. Thibault de Neufchâtel, parent du sire de Granson, essaya vainement de le défendre : il fut secrètement étouffé entre deux matelas, et Rolin fut soupçonné d'avoir ordonné cette exécution. Cette mort alluma entre le maréchal et le chancelier une haine irréconciliable. Dans le cours de cette même année, le pape Nicolas V ayant demandé du secours contre les Turcs, Rolin fut chargé de faire équiper quatre galères qui furent envoyées dans le Levant.

Le dauphin, Louis de Valois, furieux de voir

la reine, sa mère, délaissée par Charles VII au profit de la *Dame de Beauté,* s'était volontairement exilé à Vienne, où il resta dix années sans retourner à la cour. Soupçonné par son père d'avoir fait empoisonner Agnès Sorel, le dauphin, poursuivi par Antoine de Chabannes et par ses gens d'armes, se réfugia à St-Claude, dans le comté de Bourgogne. D'après les ordres du duc, Rolin lui fournit les moyens de gagner la Hollande et de rejoindre Philippe qui s'y trouvait en ce moment. C'était en 1456, deux ans avant l'entrée triomphale du duc de Bourgogne dans la ville de Gand. Philippe donna le château de Genap à ce *renard qui devait plus tard manger ses poules,* et combla de présents le futur usurpateur de ses Etats. Au milieu d'une fête donnée dans cette résidence de Genap, on vit un jour arriver le chancelier Rolin *vêtu d'une mauvaise soutane destannée.* — « D'où vient, mon compère, lui dit le duc, que je vous vois en un habit si peu convenable à un homme de votre état? — Monseigneur, répondit Rolin, je vous rends tous les biens dont vous m'avez comblé, et vous prie de trouver bon que je retourne à ma première fortune d'avocat en demeurant dans vos bonnes grâces. » Les envieux avaient parlé et l'adroit chancelier voulut frapper un grand coup; il présenta au duc la liste, à moitié remplie, des biens qu'il avait reçus de lui. — « Je suis bien aise, reprit ce dernier, qu'il y ait de la marge pour écrire le bien que je veux vous faire, et je remplirai la feuille à la confusion de vos ennemis; continuez à me bien servir. » — L'avocat était devenu diplomate!

Dans le courant de l'année 1459, huit ambassadeurs vinrent en Bourgogne pour réclamer des secours contre l'invasion des Turcs. Ils étaient envoyés par l'empereur de Trébizonde, le roi de Perse, le roi de Géorgie, le soudan de Mésopotamie, le roi de la Grande-Arménie et celui des Indes, et portaient des costumes étranges. Ils furent comblés, à Bruxelles, de présents et d'honneurs ; mais l'offre qu'ils firent au duc de Bourgogne de le nommer roi de Jérusalem ne put le décider à aller conquérir la Terre-Sainte. Le chancelier fit entrevoir à son maître que le roi de France pourrait profiter de son absence pour s'emparer du duché, et Philippe refusa de se mettre à la tête de l'expédition. Ainsi, le vœu formé à Lille, dans un festin, au carême prenant de l'année 1454, demeura sans accomplissement : « L'on ne doit, dit Paradin, espérer d'aultre issuë d'un vœu fait en beuvant. »

Cependant les années s'accumulaient sur la tête du favori du duc. Les fatigues et les soucis d'une grande administration avaient affaibli ses forces, mais ses facultés intellectuelles conservaient toute leur vivacité. Ce vieillard au front chauve, à la démarche tremblante, était toujours l'âme de la Bourgogne, le *moteur* chargé d'imprimer le mouvement à tous les rouages administratifs du duché. Tandis que le roi de France s'abrutissait dans les plaisirs et laissait à ses généraux le soin de reconquérir son royaume, le vieux chancelier cherchait à assurer, par des institutions durables, le maintien de la dynastie ducale. Mais le temps n'était pas éloigné où la noblesse de Bourgogne, achetée par l'or du successeur de Charles VII, allait se jeter dans les bras de la France, et le futur roi, qui convoitait déjà l'immense héritage de Philippe, attendait à Genap, avec une impatience mal déguisée, la mort de Charles VII et de Nicolas Rolin.

Celle du dernier ne tarda pas à contenter les désirs du dauphin ; le chancelier de Bourgogne mourut à Dijon, le 16 janvier 1461, dans son hôtel de la rue des Fols, quelques mois avant le sacre du roi Louis onzième « Et avoyt d'emprès ly son fils le cardinal d'Hostun, qui lui donna toutte absolution de paine et coulpe, telle que le pappe, et l'assista de la foy vaillamment jusque au derrenier article du passage. » Le chroniqueur auquel j'emprunte ce dernier trait fixe la date de sa mort au 10 février, et fait arriver cet évènement *en sa maison d'Autume, en Bourgoigne.*

Voici comment l'historien Paradin raconte la fin du chancelier :

« En ce temps-là, dit le moine de Cuyseaulx,
» laissa ce siècle ce grand et insigne person-
» nage, maître Nicolas Raulin, chancelier de
» Bourgongne, leqvel en toutes vertus, vint à
» tel adventage par-dessvs tovs les hommes de
» son temps qu'il fut un digne exemplaire et
» archétype de tovt savoir, piété et honnevr,
» dont il fit miraculevses preuues ès affaires
» du bon duc Philipes, leqvel, du tovt en tovt

» se reposait sur la sagesse, scavoir et con-
» duite de ce prudent chancelier. Ce bon per-
» sonnage employa la plupart des bienfaits
» qu'il reçut pour guerdon ès œuvres de piété
» envers les povres et les malades, dont povr-
» rait rendre bon compte l'admirable hospital
» de Beaune, qui n'a son égal au monde, et povr
» lequel jamais la Bourgongne ne sera quitte
» envers sa postérité. Car les œuvres de cha-
» rité qui s'exercent céans sont si grandes que
» celles qvi se font en tovte Gaule n'en appro-
» chent point de grant espace. »

Un autre historien apprécie en ces termes le mérite de Nicolas Rolin :

« Le riche chancelier de Bovrgongne, qui
» tant avait esté renommé sage, qu'en France
» on ne scavait son pareil, ne qui oncques
» ne s'y feust faist si grand, ne de si hault
» règne; car ailleurs, en maint lieux et en
» haultes très difficilles matières est apparu
» assez quelle chose c'estoit de ly. »

Le corps du chancelier, revêtu d'une robe de velours noir fourrée de martre, la gorge ornée du chaperon, la tête couverte et les pieds chaussés de housseaux avec des éperons d'or, fut inhumé, avec son épée, dans l'église collégiale de Notre-Dame d'Autun. Sa tombe en cuivre, sur laquelle il était représenté à côté de sa femme Guigone, contenait ses armoiries : *d'azur à trois clefs d'or, posées* 2 *et* 1; *l'écu timbré d'un casque avec ses lambrequins, et la devise* : DEVM . TIME.

Le duc de Bourgogne, qui perdait un des plus

forts soutiens de sa couronne, eut une douleur immense de la mort de son chancelier. Les projets ambitieux du roi de France, le caractère fougueux de son fils, le comte de Charolais, ses querelles avec les comtes de Nevers et d'Étampes et les sympathies que plusieurs seigneurs témoignaient à Louis XI étaient pour le duc autant de sujets d'inquiétude. Jusqu'alors le génie de Rolin avait su écarter tous les dangers, prévenir toutes les défections ; mais Philippe commençait à vieillir ; il avait soixante six ans lorsque son chancelier mourut, et cet évènement le fit tomber *en extrême maladie.* « Sy
» demanda à l'evesque de Tournay qui l'estait
» venu voir s'il estait vray ou non que son
» chancelier fust mort. L'evesque, voyant que
» scavoir le vollait luy dist pleinement : *Oy*
» *vrayment, Monseigneur, il est mort voire-*
» *ment.* — Et alors le duc, thirant ses bras
» de desoubs la couverture, joingnit les mains
» et, jetant les yeulx au ciel, dist : *Or je prie*
» *Dieu, mon Créateur et le sien, qu'il lui*
» *voelle pardonner ses faultes* *. » Le comte de Charolais accourut à Bruxelles pour soigner son père, qui revint à convalescence, mais *qui ne fut oncques si ferme qu'il était auparavant* **.

On a beaucoup reproché au chancelier Rolin son ambition démesurée Le célèbre avocat Chasseneuz a dit quelque part, au sujet des

* *Chronique* de George Chastellain.

** *Annales de Bourgogne* de Paradin.

quarante terres et des prodigieuses richesses amassées par lui, que, depuis Cicéron les lettres n'avaient procuré à personne une fortune aussi brillante *. Les auteurs qui ont écrit l'histoire de France lui ont fait la réputation d'un homme dénué de toute idée généreuse. Il est vrai que ce personnage acquit une fortune énorme pour le temps (environ 40,000 livres de rente), et qu'il obséda son maître de demandes au point que Philippe fut un jour obligé de lui dire : « C'est trop, Rolin. » Monstrelet dit qu'il fit fort bien ses affaires, qu'il acquit de grosses rentes et plusieurs seigneuries, et qu'il maria ses filles *moult* noblement. Lorsque Louis XI apprit la fondation de l'hôpital de Beaune, il s'écria *qu'il était bien juste que celui qui avait fait tant de pauvres pendant sa vie, leur ait assuré une demeure après sa mort*. Ce mot est cruel et injuste. Si Rolin désira les richesses et les places pour lui et pour sa nombreuse famille, il n'est pas vrai qu'il se soit enrichi des dépouilles d'autrui, et je ne citerai qu'un fait à l'appui de ce que j'avance. Après le traité d'Arras, Charles VII fit don au chancelier de la terre de Marcigny en Charollais, confisquée sur les héritiers d'Oudard de Chaseron. Rolin ne conserva pas longtemps ce bien qu'il considérait comme mal acquis, et le remit peu de temps après à ses anciens propriétaires. Quant au reproche d'avarice qui a

* *Ne credo alium à Cicerone fuisse qui tantum ex litteratura acquisiverit.* (*Catalogus gloriæ mundi*, 1531)

été fait à Rolin par ses détracteurs, les sommes considérables qu'il donna à l'hôpital de Beaune, la fondation d'une collégiale à Autun, la création de plusieurs établissements de charité, enfin le luxe et la somptuosité qu'il a déployés en maintes circonstances, doivent suffire pour anéantir cette insinuation malveillante. Aussi le célèbre chancelier de l'Hôpital, se faisant l'écho lointain de ces accusations, nous semble assez mal avisé lorsqu'il s'écrie, à Rouen, en plein Parlement et devant la Cour tout entière, *qu'il aimerait mieux la pauvreté du président de la Vaquerie que les richesses du chancelier Rolin.*

Nicolas Rolin peut donc être classé au nombre des grands hommes dont s'honore la Bourgogne. Orateur éloquent, ministre éclairé et adroit, rempli de religion et de droiture, sincèrement attaché au prince qu'il avait, pour ainsi dire, élevé, équitable dans la politique étrangère et respecté même de ses ennemis, il dirigea presque seul et pendant de longues années l'administration de tous les Etats du duc de Bourgogne. Sous son habile direction, le duché atteignit son plus haut degré de splendeur. Doué d'une érudition peu commune pour le temps, et secondé dans ses vues par les intentions d'un prince auquel la postérité a donné le surnom de Bon, il établit l'université de Dôle, fit rédiger une nouvelle coutume de Bourgogne, ramena l'ordre dans les finances, réglementa les attributions judiciaires, chassa les Anglais du duché, et fit du règne de Philippe, qui avait commencé sous de si tristes auspices, le plus glorieux de tous ceux de sa dynastie.

Après la mort de Nicolas Rolin, Jean Rolin fut investi à sa place des fonctions de chancelier. La seigneurie d'Autume, qui lui avait été donnée en grande partie par le duc, celle de Château-Renaud, qu'il avait acquise de Jean-le-Mairet, grand gruyer du Châlonnais, la terre de Gergy, le fiel patrimonial de la Roche-Bazot, sa maison de Chalon, appelée la tour de Verdun, son hôtel de Crux, qu'il avait acheté à Dijon en 1441, les seigneuries d'Aymeries et du Sart de Dourlers, en Hainaut * et toutes ses autres propriétés furent partagées entre ses cinq enfants. Guigone de Salins, sa veuve, s'adonna entièrement aux œuvres de charité et résida presque constamment à Beaune. Elle mourut en 1470, et fut inhumée dans l'hôpital de Beaune dont elle avait été la fondatrice. **

* Le château d'Aymeries, bâti dans une île de la Sambre, à quelques lieues d'Avesnes, passait avec raison pour l'une des plus fortes places du Hainaut. Détruit en 1543, par François Ier, il fut remplacé par un château en briques dont il ne reste que des ruines.

La maison-forte de Dourlers, bâtie au XIIIe siècle par les seigneurs d'Avesnes, était fort délabrée lorsque le chancelier en devint propriétaire; on n'y voyait plus qu'une vieille tour et quelques masures. Les héritiers du chancelier, qui avaient fixé leur résidence au château d'Aymeries, la laissèrent en cet état, et c'est à peine si l'on reconnaît aujourd'hui, dans la *pâture del tour*, la trace de son emplacement.

** Ses armoiries étaient d'azur, à la tour d'or, maçonnée de sable. L'étoile d'argent et la devise SEVLE qui accompagne la tour de ses armoiries a été diversement expliquée;

IEHAN ROLIN

1408-1483.

De tous les enfants du chancelier, le plus célèbre est le cardinal Rolin, surnommé le cardinal de Bourgogne, qui naquit, lui troisième, du premier mariage de son père avec Marie de La Lande. * C'est en l'année 1408 que ce personnage vint au monde. Il eut pour parrain le duc Jean-sans-Peur, qui, à cette occasion, fit présent à sa mère d'un service de vaisselle d'or.

Jean Rolin fut destiné à l'état ecclésiastique, et devint, de bonne heure, docteur en droit civil et canonique. La haute position et l'influence de son père lui valurent des bénéfices et des honneurs à un âge où il eut dû être à peine entré dans les ordres. A vingt-deux ans il était chanoine et archidiacre de l'église cathédrale d'Autun; quatre ans après, en 1434, il fut nommé évêque de Chalon. C'est pendant son administration que fut élevé, dans la cathédrale de cette ville,

on a cru qu'elle fesait allusion à son veuvage; mais l'exécution des pavés vernis et des tapisseries de l'hôpital de Beaune, qui portent cette devise, est antérieure à la mort de Rolin. Ces armoiries étaient donc celles de Guigone pendant son mariage. L'étoile était peut-être le symbole de la Charité, vertu sublime qui contient *seule* toutes les autres, ou bien encore le signe de l'illustration de l'ancienne famille des Salins.

* Gagnare la nomme Jeanne de La Lande.

le superbe mausolée du roi Gontran, qui fut détruit au XVIe siècle par les Calvinistes. Le siège d'Autun étant devenu vacant par la mort de Ferry de Grancey, Jean Rolin fut élu par le chapitre au mois d'octobre 1436, sous le nom de Jean II. Le nouvel évêque s'appliqua à embellir son église. Il fit construire le chevet de cette cathédrale et édifier la magnifique flèche de pierre à laquelle le peuple a donné le nom de *grande trompe.* Par ses soins, l'église et les vitraux de Saint-Nazaire furent réparés, et les chanoines reprirent les offices interrompus depuis plusieurs années. Il donna aussi quatre riches candélabres pour le maître autel de son église, et fit fondre les cloches Marthe et Madelaine. *

Une innovation, qui devait avoir dans l'avenir des suites fort graves, s'introduisit alors dans l'église. En 1438, le roi Charles VII, mécontent de l'autorité du clergé romain et des réglements élaborés par le concile de Ferrare, fit assembler, à Bourges, toutes les sommités du clergé de France. Jean Rolin fit partie de cette assemblée, ainsi que le chancelier, son père, que Philippe-le-Bon y avait envoyé, et la *Pragmatique sanction,* qui rétablissait l'ancien mode des élections canoniques et qui repoussait les

* On lisait sur la première : « Je suis du nom de Marthe baptisée — par Jehan Rolin, cardinal donnée — noble pasteur dudit lieu de céans — dix-sept milliers au poids fut pesée — mil quatre cens septante fut l'année — et remise ou suis bien céans. — DEVM TIME.

réserves et les expectatives des papes, fut officiellement proclamée. *

Jean Rolin fut administrateur du diocèse de Lyon en 1443, après la mort d'Amédée de Talaru, pendant la minorité de Charles de Bourbon, auquel le pape Eugène IV avait donné le siége de Lyon. En 1448, l'évêque Rolin reçut de ce même pape le *pallium*, que l'on n'accordait ordinairement qu'aux métropolitains **.

La possession d'un des plus beaux évêchés de la province ne suffisait pas à satisfaire l'ambition du filleul de Jean-sans-Peur. Les instances de Philippe-le-Bon décidèrent le pape Nicolas V à donner la pourpre à l'évêque d'Autun. C'est en 1449 que cette haute dignité lui fut conférée; il reçut alors le titre de *Cardinal de saint Etienne au mont Célinus;* Rolin avait alors quarante-un ans.

Un évènement arrivé dans le diocèse d'Autun en 1450, fournit l'occasion d'appliquer les règlements faits à Bourges l'année précédente. Marie de Vienne, abbesse de Saint-Andoche, ayant appelé au pape d'un arrêt du parlement de Paris, qui avait donné à l'évêque d'Autun le droit de juridiction sur son abbaye, un bref de

* Les papes s'étaient depuis quelques années arrogé le droit de nommer aux évêchés. et souvent le siège était donné ou vendu *en expectative*, longtemps avant la mort de l'évêque.

** Le *pallium* était une bande d'étoffe blanche, large de trois ou quatre doigts et semée de croix noires, fixée à un rond de même étoffe placé sur l'épaule, par-dessus les habits pontificaux.

Nicolas V nomma pour arbitre l'official de Langres. Ce dignitaire donna gain de cause à l'abbesse; mais un nouvel arrêt du parlement, en date du 6 septembre 1450, cassa les précédentes procédures et remit l'abbaye sous la dépendance du cardinal.

A partir de cette époque, rien ne put résister à sa puissance. Il se fit nommer successivement abbé d'Ogny, en Châtillonnais, de Balerue et de Flavigny, et prieur de Bard-le-Régulier. L'abbaye de Saint-Martin d'Autun, fondée par la célèbre reine d'Austrasie et de Bourgogne, était une des plus puissantes de la province. Depuis longtemps Jean Rolin en convoitait les revenus; mais Jean Petitjean, son abbé, résistait énergiquement. Il fallut employer la force : Jean Petitjean fut dépouillé de son titre et le cardinal de Bourgogne devint, en 1451, le premier abbé commandataire de Saint-Martin d'Autun. * Par son ordre, le cercueil de pierre de Brunehaut fut sorti de la chapelle souterraine, où il gisait depuis plus de huit siècles, et placé dans un tombeau sur lequel on grava l'inscription suivante :

Brunechevl fust iadis royne de France,
Fondateresse de sainct liev de céans ;
Cy inhumée en six cens qvatorze ans
En attendant de Diev vraye indulgence.

* La tombe de l'abbé Petitjean subsista, dans l'église de l'abbaye, jusqu'au moment de la Révolution. Pour consacrer le souvenir de cette spoliation, l'abbé y était représenté dans un état complet de nudité.

L'heureux prélat, favorisé de tous les dons de la fortune, protonotaire du Saint-Siége et confesseur du dauphin, fils de Charles VII, eut la permission de se décharger du fardeau de son diocèse, en confiant à un suffragant tous les soins de son administration. Un grand nombre d'églises du XVe siècle ont conservé, en Bourgogne, dans les actes de leur consécration, les noms et les titres de ces évêques *in partibus*. L'église de Ruffey, près Beaune, fut consacrée en 1461 par Antoine Buisson, suffragant, evêque de Bethléem. Un Jean de Bobillier, évêque d'Avesnes, remplaça Etienne Buisson comme suffragant du cardinal. Il conserva ses fonctions sous Antoine de Chalon, et consacra l'église de Meilly le 26 juin 1485. * C'est un des grands vicaires du cardinal Rolin qui apporta à Savigny, en 1443, les reliques de saint Cassien, et qui dédia l'église nouvellement bâtie.

Dans l'année 1446, Jean Rolin donna quelques biens à l'ancien hôpital de Nuits, placé sur le chemin de Beaune, à la condition que les évêques d'Autun auraient le droit de nommer le recteur.

En 1452, Jean Rolin fit le voyage de Rome, pour obtenir les bonnes grâces du pape Nicolas V, et, par une contradiction que son ambition seule peut expliquer, il ne dédaigna pas d'employer le moyen contre lequel il s'était élevé avec tant de force deux années auparavant. Il se fit donner par le pontife une bulle de

* *Registres de la paroisse de Meilly.*

réserve pour les abbayes de Saint-Michel d'Anvers, de Notre-Dame de Gouaille et de Saint-Etienne de Dijon. Alexandre de Pontaillier, abbé de Saint-Etienne, ayant résigné son bénéfice à Thibault Viard, du consentement des religieux, Jean Rolin fit signifier aux moines sa bulle de réserve. Ceux-ci en appelèrent au roi, protecteur de l'église gallicane, et Charles VII défendit à ses baillis d'enregistrer les bulles de réserve. Le pape lui-même consentit à les regarder comme non avenues, et accorda à Thibault Viard des lettres de *provision*. Calixte III, successeur de Nicolas V, donna droit aux prétentions du cardinal; mais vaincu par les sollicitations du résignataire et de tout le clergé de France, il révoqua ses lettres et nomma définitivement Thibault Viard.

Dans le courant de l'année 1459, Calixte III avait ordonné, dans toute l'étendue de la chrétienté, l'impôt du décime pour la croisade contre Mahomet II. Le cardinal, *qui connaissait assez l'abus qu'on faisait de ces décimes, qui tournaient souvent au profit de la cour de Rome,** défendit aux trésoriers de les percevoir dans toute l'étendue de son diocèse.

Lors de l'établissement par le chancelier de la collégiale de Notre-Dame d'Autun, Jean Rolin s'opposa de toutes ses forces aux intentions de son père. C'était en effet une sorte d'atteinte portée au pouvoir du chapitre de la cathédrale, un contrepoids à la puissance énorme du clergé

* Gagnarc, chanoine et archiviste d'Autun.

de St-Lazare. La fondation n'en eut pas moins lieu, et la volonté du cardinal dut plier sous celle du chancelier de Bourgogne.

En 1461, l'évêque Rolin reconstitua sur de nouvelles bases la confrérie du Saint-Sacrement d'Autun, dont il fut nommé président. On voit dans les statuts de cette société que ses membres devaient donner, le jour de la fête, *ung denier chacun*, et que les chapelains recevaient à cette occasion *potation après vêpres, scavoir du pain blanc, des cerises et deux cops de vin.**

Parmi les libéralités que le cardinal fit à divers établissements, il faut citer des dons importants à la collégiale de Saint-Denis, à Nuits. En 1456, il fit relever l'ermitage de Saint-Alembert à Arcenay, près de Saulieu, et accorda des indulgences aux pèlerins. C'est en 1458 qu'il vendit à la ville de Saulieu, moyennant une rente annuelle de cinq sous, le logis de la tour d'Auxois, *turris episcopalis*, ancienne résidence des évêques d'Autun, dans la ville où saint Andoche fut martyrisé.

La fête des Fous, ce vieux souvenir des saturnales payennes, avait traversé une longue période de siècles, et continuait à être célébrée en Bourgogne. L'évêque de Grancey s'était vainement opposé à cette coutume immorale; il était réservé au fils du chancelier de l'abolir d'une manière définitive.

En 1470, Jean Rolin résigna ses fonctions

* C'est sans doute de cet usage que vient le dicton populaire : *Arrange-toi avec du pain et des cerises.*

d'abbé de Flavigny, en faveur de Ferry de Cluny, qui devint, peu de temps après, évêque de Tournay et cardinal.

Le mépart de l'église de Saint-Laurent, à Arnay, fut établi par l'évêque d'Autun, en 1472, à la prière des habitants. Pour perpétuer le souvenir de cette fondation, les armoiries des Rolin furent placées dans un vitrail du chœur de cette église. C'est aussi vers le même temps que ce cardinal fit ériger la chapelle de Saint-André, dans son château de Champeaux, à Fontangy, près de Saulieu.

Le mardi 18 janvier 1473 fut un jour de fête pour le bon populaire de Dijon. Charles-le-Hardi, qui depuis six années avait succédé au protecteur du chancelier Rolin, s'était trouvé jusqu'à ce jour occupé dans ses pays de Flandre, et venait pour la première fois visiter sa capitale. Après avoir couché à Perrigny chez le seigneur de Beauchamp, le duc se remit en route avec un cortége magnifique. Le maire et les échevins en robe violette allèrent à sa rencontre avec les députés de toutes les villes du duché. Le cardinal-évêque, Jean Rolin, accompagné de l'évêque de Chalon, de quatorze abbés et de plusieurs dignitaires, s'avança au-devant du duc, bien en dehors des faubourgs. Charles fit placer le cardinal à côté de lui, et le cortège entra à Dijon par le pont des Chèvres, au faubourg d'Ouche. Après avoir traversé plusieurs rues décorées de tapisseries, d'échafauds et de diverses allégories, le duc fit son entrée à Saint-Bénigne, ayant à sa gauche le cardinal Rolin et à sa droite les autres prélats. Le lendemain de cette journée, un festin splendide réunissait les hauts dignitaires du clergé et les députés des villes et de la noblesse. C'est dans ce dîner, où le cardinal Rolin tenait la place d'honneur, que le duc commença à faire paraître le désir qu'il avait de fonder un vaste royaume de Bourgogne. Mais cinq ans après, le Téméraire avait trouvé une mort misérable dans l'étang de Nancy, et le *renard*, nourri au château de Genap, *mangeait les poules* du bon duc Philippe.

Aucun évènement remarquable ne se produisit dans la vie du cardinal jusqu'à l'année 1481. Un fait que l'on aurait peine à croire s'il n'était attesté par des historiens dignes de foi, se produisit dans le diocèse d'Autun. D'accord avec le sire de Beauchamp, son frère, le cardinal Rolin obtint du roi de France la permission d'établir au prochain synode un impôt sur tous les prêtres du diocèse. Le produit de cet impôt devait servir de dot à la fille du seigneur de Beauchamp. Les chanoines d'Autun résistèrent aux ordres du roi et en appelèrent au gouverneur de la province et au parlement qui siégeait alors à Beaune. Voyant sa cause perdue, le frère de Jean Rolin n'attendit pas l'issue du procès. Dans une lettre signée par lui et par sa fille, il dut renoncer à ses monstrueuses prétentions.

Le roi de France, qui avait d'abord favorisé le cardinal, ne tarda pas à se tourner contre lui.

Ennemi irréconciliable de la maison de Bourgogne, Louis XI étendit sa haine sur tous ceux qui lui étaient attachés. Les services rendus à cette maison par le chancelier Rolin étaient trop éclatants, l'amitié que le dernier duc avait témoignée à son fils le cardinal était trop grande, pour ne pas inspirer à ce roi vindicatif le désir de nuire à cet illustre prélat. Louis XI commença par destituer le neveu du cardinal, François Rolin, capitaine de la ville d'Autun. L'oncle crut devoir protester et envoya une plainte au roi. Ce dernier ayant ordonné une enquête contre l'évêque, Jean Rolin protesta contre cette violence et écrivit en cour de Rome. Mais le roi fut le plus fort : des ambassadeurs expédiés au pape eurent l'adresse d'obtenir de lui une bulle qui enlevait la collégiale Notre-Dame de Beaune à l'autorité de l'évêque d'Autun, sous le prétexte que ce dernier imposait arbitrairement les chanoines, et exigeait d'eux des contributions insupportables.

Ce coup dut être sensible au cardinal ; plusieurs de ses alliés habitaient Beaune, et depuis longtemps il avait pris en affection l'église de cette ville. C'est lui qui avait fait construire le jubé en pierre qui a subsisté jusqu'à la révolution, et décorer la deuxième chapelle du collatéral gauche, * à la fenêtre de laquelle il était représenté à genoux. Jean Rolin habitait Beaune de temps à autre ; il désirait y être enterré et avait même disposé, dans l'église Notre-Dame, près de l'autel, un tombeau sur lequel on lisait :

* C'est celle où se placent les enfants qui suivent les écoles des sœurs de Saint-Vincent-de-Paul.

CY GIST . MONS . JEAN . ROLIN . IADIS . CARDINAL
EVESQVE . D'OSTVN
Q . TRESPASSA . LE. . . . .
PRIES . DIEU . POVR . LVY.

Le chagrin qu'il ressentit du mauvais procédé des chanoines et de leurs réclamations au sujet des droits onéreux qu'il s'arrogeait, fit retirer à cette collégiale toutes les libéralités de l'évêque. La santé du cardinal, déjà altérée par l'âge et les infirmités, ne put résister à l'échec si sensible fait à son amour-propre excessif. Pour se distraire de ses ennuis, Jean Rolin confia le soin de son diocèse à l'évêque d'Avesnes, son suffragant, et partit pour Paris sur la fin de l'année 1482. Au mois de juin suivant, sentant son mal s'aggraver, l'évêque d'Autun reprit le chemin de sa ville natale ; mais la maladie faisant des progrès rapides, il fut forcé de s'arrêter à Cravant, près d'Auxerre. Sentant sa fin s'approcher, il donna par testament les deux tiers de ses biens à son église et l'autre tiers à sa famille, et mourut le 1er juillet 1463, dans les horribles souffrances d'une maladie extraordinaire.* Son corps, transporté à Autun, fut, selon son désir, inhumé dans le chœur de la cathédrale, où l'on voyait avant 1793 son tombeau en marbre blanc.

* Un historien digne de foi assure « qu'il rendait les excréments par la bouche. »

On lisait sur ce tombeau l'inscription suivante :

HIC . SVBTVS . IACET
CADAVER . DOMINI . IOHANNIS . ROLIN
TITVLO . SANCTI . STEPHANI
CARDINALIS
ET . HVIVS . SANCTAE . ECCLESIAE
EPISCOPI
QVI . PRAESIDIT . PER . ANNOS . XLVII
ANIMA . EIVS . REQVIESCAT . IN . PACE.

Il avait eu longtemps pour grand-vicaire Barthelemy de Fresnes, et pour official Ferry de Cluny, autunois qui devint, comme je l'ai dit, évêque de Tournay et cardinal. J'ai cité plus haut les noms de ses suffragants : Antoine Buisson, évêque de Bethléem, et Jean d'Avesnes, qui consacra l'église de Meilly le 26 juin 1485.

Malgré l'ambition et l'envie de parvenir, qui fesaient le fond du caractère de Jean Rolin, la vie de cet homme ne manque pas d'actions dignes de passer à la postérité. Ce cardinal fit de grands biens aux établissements hospitaliers et notamment à l'Hôtel-Dieu de Beaune, qu'il acheva de faire construire. Protecteur éclairé des lettres et des arts, il continua les traditions du chancelier de Philippe-le-Bon, et peupla d'objets curieux les monuments confiés à sa direction. *

* Courtépée parle d'un riche missel sur vélin apparte-

La cathédrale et l'église Notre-Dame d'Autun, la cathédrale de Chalon-sur-Saône, les collégiales de Nuits et de Beaune, celle de Saulieu, dans laquelle il fit construire une chapelle, témoignent de sa libéralité. Ce que l'histoire peut avec raison lui reprocher, c'est la légèreté de ses mœurs et son amour des honneurs et des richesses ; mais, comme l'a dit le chanoine Gagnare dans son *Histoire de l'église d'Autun* : « Tant de bonnes œuvres qu'il a faites pendant » sa vie auront sans doute effacé cette tache » devant Dieu. »

Après la mort du cardinal, les chanoines élurent à sa place leur doyen, Antoine de Chalon. Après de longs débats entre les chanoines, d'une part, le pape et le roi de France, de l'autre, cet évêque fut confirmé dans son siège par une sentence des états de Tours en 1484.

Jean Rolin eut de Jeanne de Gouy plusieurs enfants naturels. Pierre, qui devint prieur de Bar-le-Régulier et protonotaire du Saint-Siége, fut légitimé avec son frère Jean par Philippe-le-Bon, en 1460. Un autre enfant du cardinal, Jeanne, le fut en 1484 par le roi Charles VIII.

GVILLAVME ROLIN.

1406-1476.

Les frères de Jean Rolin eurent aussi des emplois élevés. Guillaume, seigneur de Beau-

nant à M. de Riollet et portant les armes du cardinal Rolin.

champ, qui paraît être l'aîné, conseiller ordinaire de Charles-le-Téméraire, devint chambellan du duc et propriétaire du château de Perrigny. C'est chez lui que Charles-le-Téméraire coucha la veille de son entrée à Dijon, au mois de janvier 1473. Ce Guillaume épousa Marie de Lévis-Couzan, dame de Bragny et sœur du cardinal d'Arles. Il eut de ce mariage : 1° François Rolin, mort en 1490, qui avait été élu capitaine par les Autunois, et qui fut destitué, comme je l'ai dit, par le roi Louis XI ; 2° Marguerite,* qui épousa en premières noces le baron de Sennecey, et en secondes noces, dans l'année 1493, Gaspard de Talaru, seigneur de Chalmorel, de la Pie et de Saint-Eloi. **

Guillaume Rolin, qui passa une grande partie de sa vie dans sa terre d'Aymeries, en Hainaut, mourut, à ce qu'on croit, en 1476.

ANTHOINE ROLIN

1420-1497.

Ce personnage avait fixé sa résidence dans les pays du Nord. Maréchal et grand-veneur héréditaire du Hainaut, il fut nommé, en 1476, grand bailli et capitaine général de cette province. Il épousa Marie d'Ailly et s'attacha au parti de Marie de Bourgogne et de Maximilien

* C'est en faveur de cette damoiselle que l'impôt sur le clergé avait été décrété par le roi de France.

** C'est ce sire de Talaru qui vendit à la ville de Dijon, en 1500, l'hôtel historique de la rue des Fols.

d'Autriche. Il fut le fondateur de la chartreuse de Marly, près Valenciennes, et mourut au château d'Aymeries le 4 septembre 1497.

RICHARD ET LOVIS ROLIN.

Richard Rolin, autre fils du chancelier, devint chambellan du duc du vivant de son père. Louis, son frère, qui avait embrassé la carrière des armes, fut tué, en 1476, à la funeste bataille de Granson.

PHILIPPOTE ROLIN.

Philippote Rolin, filleule de l'avant-dernier duc, et femme du sire d'Oyselet, gouverneur de la ville de Beaune, châtelain de Pommard et de Vollenay, hérita du château d'Authume que son père avait fortifié, et le laissa aux Bouton, d'où il passa à Philippe Chabot, amiral de France.

ENFANTS NATVRELS DV CHANCELIER.

Outre les six enfants légitimes dont je viens de parler, Nicolas Rolin avait laissé cinq enfants naturels.

Il en eut trois d'une dame Alix : Girard, bailli du Mâconnais, appelé par les Beaunois pour commander leurs milices lors de l'invasion des Ecorcheurs, Marguerite et Antoine, légitimés en 1440. Rémonde de Roussy, sa maîtresse, lui donna Jean Rolin, que Charles VIII, dans ses lettres de légitimation, désigne sous le titre de conseiller du roi. Il eut enfin d'Alise Régnier, Blaise Rolin, légitimé par le roi en 1494, curé de Dracy et de Saint-Emiland, prieur commandataire de St-Symphorien d'Autun, et doyen de la collégiale de Saulieu en 1503.

JEAN ROLIN.

14..-1501.

Un des petits-fils du chancelier, Jean Rolin, prêtre, conseiller du duc, succéda à son aïeul dans sa charge de conseiller. Après l'annexion de la Bourgogne à la France, il s'attacha au parti de Louis XI, devint prieur de St-Marcel de Chalon, doyen de la cathédrale de Semur en Brionnais et président aux requêtes du palais à Paris. Après la mort de Jean Rolin, son oncle, ce personnage avait été nommé doyen des chanoines d'Autun, en remplacement et sur la recommandation d'Antoine de Chalon, qui fut, comme je l'ai dit plus haut, élevé à l'épiscopat. C'était un acheminement au siège d'Autun, et Jean Rolin s'était ménagé de puissants auxiliaires à la cour de France. Peu de temps avant sa mort, Antoine de Chalon avait résigné ses fonctions à Olivier de Vienne, moyennant une rente de 3,000 livres ; mais, après la mort de l'évêque, le roi écrivit au chapitre pour hâter l'élection d'un nouveau titulaire. Le 8 juin 1500, le chapitre s'assembla, et M. de Rothelin, envoyé par Louis XII, aida puissamment à la nomination de Jean Rolin, qui, outre sa dignité de président aux requêtes du palais, était encore conseiller du roi et président de la chambre d'inquisition de Paris. * Le prince d'Orange avait envoyé de son côté une lettre pressante pour engager les chanoines à élire « *son cher cousin, Jean Rolin.*

Toutes ces sollicitations eurent un bon résultat pour le neveu du chancelier, qui était alors à Grenoble. Trois chanoines lui portèrent l'acte de son élection qu'il n'eut garde de refuser.

Pendant l'épiscopat de Jean III, la ville d'Autun reçut la visite de Louis XII et d'Anne de Bretagne. Une brillante procession se rendit au-devant de ces hôtes illustres jusqu'à la *porte des Marbres,* et l'évêque leur offrit deux statuettes en or représentant saint Lazare.

L'évêque de Chalon fut chargé par le pape, Alexandre VI, de remettre le *pallium* à Jean Rolin.

Ce petit-fils du chancelier ne jouit pas longtemps des gros revenus de son diocèse. Il mourut le 4 avril 1501, après dix mois d'épiscopat, et fut enterré à la chapelle du Grand-Crucifix, à Saint-Lazare.

C'était, dit Paradin, *un grand remueur de ménage.*

---

* Gallia christiana.

DESCENDANCE D'ANTHOINE ROLIN.

—

Louis, fils d'Antoine et de M. d'Ailly, et mari de Gillette de Berlaimont, aida à la reconstruction de l'église de Dourlers et fonda l'hôpital de Berlaimont. Il augmenta les revenus de la chartreuse de Marly, que son père avait fondée, et lui fit élever dans le chœur un tombeau en marbre blanc d'un magnificence royale. Il mourut sans postérité au mois de septembre 1528, et fut inhumé à côté de son père. *

Son neveu, Georges, fils de François et arrière petit-fils du chancelier, hérita de ses possessions du Hainaut. Il fut député de la noblesse à la chambre des Etats de cette province, et fut présent à l'arrivée du roi d'Espagne, Philippe II, dans ses possessions de Flandre.

Après sa mort, arrivée vers 1566, sa fille, Anne, porta à Maximilien de Melun, vicomte de Gand, les magnifiques terres d'Aymeries.

Cette Anne Rolin, mariée en secondes noces

* Lors des guerres de la Ligue, cette chartreuse fut rasée et les riches tombeaux de Rolin furent transportés en l'église Saint-Jean-du-Rempart, à Valenciennes. Ils ont été détruits, ainsi que l'église, en 1793.

au marquis de Roubaix, mort en 1585, décéda sans postérité au mois d'avril 1603.

Les seigneuries d'Aymeries et de Dourlers furent partagées entre ses deux cousines : Jeanne, fille de François Rolin et femme de Charles-le-Danois ; Madeleine de Chambellan, fille de Suzanne Rolin et veuve de Jean d'Epinac.

Pour compléter cette notice, je dirai quelques mots de plusieurs autres personnages de cette famille, dont la filiation n'est pas parfaitement déterminée. Barthélemy Rolin, trésorier, fut nommé en 1467, visiteur et gouverneur général des finances. Pierre était, en 1495, prieur de Saint-Symphorien d'Autun sous l'évêque Antoine de Chalon. Nous voyons Louis Rolin d'Authume acheter, en 1499, le fief de Grandmont, à Pierre. En 1520, Jean Rolin de Savoisy était bailli d'épée à Autun. Un autre Jean Rolin, docteur en médecine, devint maire de Dijon en 1554. Nicolle Rolin, qui paraît être la petite fille du chancelier, fut mariée à N. Busillot, seigneur de la Massoncle, et mourut en 1572 dans son château de Clomot. En pavant l'église de ce village, en 1714, on trouva sa tombe en cuivre, ayant aux quatre coins les armes des Rolin, Mâlain, Cugnac et Bessey.

Comme on l'a vu par ce qui précède, la postérité de Jean Rolin a subsisté en Bourgogne jusqu'en 1572, et dans le Hainaut jusqu'au milieu du XVIIe siècle.

La filiation masculine du chancelier de Philippe-le-Bon est éteinte depuis longtemps. Ses descendants par les femmes sont les familles de Choiseul-Praslin et de Clermont-Tonnerre.

Le portrait de Nicolas Rolin, qui se trouve en tête de cette notice, a été dessiné par l'auteur du *Panthéon de la Bourgogne,* d'après l'original conservé au Grand-Hôtel-Dieu de Beaune. Ce tableau, qui représente le jugement dernier est le même dont on a parlé à la page 19. Van Eych, dit *Jean de Bruges*, a peint le chancelier fondateur sur l'un des volets de cet immense dyptique.

BEAUNE. — IMPRIMERIE LAMBERT.

www.ingramcontent.com/pod-product-compliance
Ingram Content Group UK Ltd.
Pitfield, Milton Keynes, MK11 3LW, UK
UKHW012107240726
13965UKWH00004B/1610

9 782012 862166